Paul Totenhoefer

Ueber den Krebs der Wirbelsäule

Antigonos

Paul Totenhoefer

Ueber den Krebs der Wirbelsäule

Unveränderter Nachdruck der Originalausgabe von 1876.

1. Auflage 2024 | ISBN: 978-3-38635-116-4

Antigonos Verlag ist ein Imprint der Outlook Verlagsgesellschaft mbH.

Verlag: Outlook Verlag GmbH, Zeilweg 44, 60439 Frankfurt, Deutschland
Vertretungsberechtigt: E. Roepke, Zeilweg 44, 60439 Frankfurt, Deutschland
Druck: Libri Plureos GmbH, Friedensallee 273, 22763 Hamburg, Deutschland

Ueber

den

Krebs der Wirbelsäule.

Inaugural-Dissertation

der

medicinischen Facultät zu Jena

zur

Erlangung der Doctorwürde in der Medicin,
Chirurgie und Geburtshilfe

vorgelegt

von

Paul Totenhoefer,

pract. Arzt

aus Korellen in Ostpreussen.

Jena,

Druck von Hossfeld & Oetling.

1876.

Herrn

Professor Dr. H. Nothnagel

hochachtungsvoll

gewidmet

vom

Verfasser.

Es ist bereits seit sehr langer Zeit bekannt, dass sich der Krebs wie in andern Knochen so auch in der Wirbelsäule entwickeln kann. Schon Bonnet hat in seinem Sepulcretum (Lib. I Sect. XIII Obs. IV p. 730) eine Beobachtung mitgetheilt, in welcher es sich um einen Markschwamm der Lendenwirbelsäule handelt; in den Vorlesungen von Astley Cooper werden 2 Fälle von Carcinom der Wirbel erwähnt, auch Abercrombie hat einen solchen veröffentlicht, und in Olliviers Schriften finden sich 2 hierhergehörige Beispiele vor. —

Nicht zu übersehen ist es, dass die in Rede stehende Krankheit von den genannten Autoren mehr in ihrem eigentlichen Vorkommen als in Rücksicht auf die Symptome beschrieben wurde, welche sich an dieselbe anschliessen können. In Bezug auf diesen Punkt, also sozusagen auf die klinische Seite des Wirbelkrebses, wurde die Aufmerksamkeit des ärztlicheu Publikums durch Cruveilhier [1]) gelenkt. Seitdem haben sich die klinischen Studien und Beobachtungen über dieses Leiden ziemlich schnell gehäuft, und in den mehr oder minder umfangreichen Schriften von Hawkins [2]), Gull [3]), in den ausgezeichneten und deutschen Forschungen von

---

1) Cruveilhier, Anat. path.

2) C. Hawkins, Case of malignant Disease of the spinal Column. (Med. chir. Transact. XXIV 1845.)

3) Gull, Guy's Hosp. Rep. 1854.

Leyden [4]) und Buehler [5]), und in den geistreichen Exposees von Charcot [6]) und Tripier [7]) findet man das Carcinoma Columnae vertebralis und seine möglichen Symptome mit anerkennenswerther Gründlichkeit erörtert. —

Es verdient an dieser Stelle bemerkt zu werden, dass wie relativ häufig der Krebs der Wirbelsäule beobachtet, so selten der der Schädelknochen beschrieben wird, und wenn man die Litteratur nur der letzten 10 Jahre berücksichtigt, so tritt dies Missverhältniss sehr deutlich und klar zu Tage. Während wir beispielsweise eine ganze Reihe von Wirbelkrebsen aus dem genannten Zeitraume anführen könnten, hätten wir nur 2 Mittheilungen von Carcinom der Schädelknochen zu erwähnen; von diesen gehört eine Pristley [8]) an und betrifft ein nur vierjähriges Kind, welches an einem Carcinom des Hinterhauptbeins zu Grunde ging, die andere Beobachtung, die zufällig fast in dieselbe Zeit fiel, rührt von Rosenthal [9]) her und geht einen 50jähri-

---

4) E. Leyden, Ueber Wirbelkrebs (Annal. d. Charité-Krankenhauses 1863 Band XI Heft 3 p. 55—78).

5) Buehler, Ueber Wirbeltuberkulose und Krebs der Wirbelsäule. Zürich 1846.

6) Charcot, Sur la paraplégie douloureuse et la thrombose artérielle dans la cachexie cancéreuse. (Compt. rend. des séances et a. l. soc. d. biologie II (4) 1866.)

Union. Méd. 1866 Nro. 122.

Bullet et Mém de la Soc. méd. des Hôp. de Paris Année 1865. Paris 1866 p. 72—75.

Charcot, Lecons sur les maladies du système nerveux. 2 Fasc.: De la compression lente de la moëlle épinière.

7) Tripier, Du cancer de la colonne vertebrale Thèse 1866.

8) Pristley, Cancer of the skull; secondary deposit in the lungs and the cervical glands (Med. Times & Gazette 1869 II 382.)

9) Rosenthal, Klin. Beiträge zur Symptomatologie und Diagnostik der Hirnbasis u. des Pedunculus (Oest Med. Jahrb. 1870 XIX 158—181).

gen Mann an, bei welchem die Schädelbasis carcinomatös entartet war, und durch Läsion des Ganglion Gasseri zu überaus interessanten Nervenstörungen geführt hatte. —

Nach den heutigen Erfahrungen und Anschauungen kann man die Kenntnisse über den Krebs der Wirbelsäule als abgeschlossen erachten, und es ist nur wenig wahrscheinlich, dass dieselben in einer oder der andern Richtung für die Zukunft wesentlich erweitert werden dürften. Trotzdem wird es vielleicht nicht ohne Interesse sein, von einem Falle von Wirbelkrebs Notiz zu nehmen, der im Verlauf des verflossenen Winters auf der medic. Klinik in Jena beobachtet und mir durch die Güte des Herrn Professor Dr. Nothnagel zur Veröffentlichung übergeben wurde. —

Die Beobachtung, um welche es sich handelt, ist folgende:

Krankengeschichte.

Anamnese.

Ernst Jäger, 45 Jahre alt, Handarbeiter, stammt angeblich aus gesunder Familie: der Vater ist im hohen Alter an Altersschwäche, die Mutter an einer ihm unbekannten Krankheit verstorben. Der Kranke hat mehrere Geschwister, ist verheirathet und besitzt 2 gesunde Kinder. —

Patient will bis zum Beginn seines jetzigen Leidens stets gesund gewesen sein, nur im 6. Lebensjahre hat er eine Krankheit durchgemacht, deren Symptome er jetzt nicht mehr anzugeben weiss. Seine jetzige Erkrankung begann vor ungefähr 2 Jahren mit Schmerzen, die anfallsweise an der Vorderseite des linken Oberschenkels von oben nach unten ausstrahlten und ohne nachweisbare Ursachen entstanden waren. Diese Schmerzen dauerten mitunter halbe Tage lang ununterbrochen an, verloren sich gewöhnlich in der Bettruhe und Wärme, und kehrten in Pausen von 4—8 Wochen ohne ausgesprochene Rhythmicität wieder.

Seit dem Anfange des Jahres 1875 traten ähnliche Schmerzen auch in dem rechten Oberschenkel auf, und vor etwa 6 Wochen zeigten sich auch in der Kreuzbeingegend lancinirende Schmerzen, deren Auftreten

nicht immer mit denjenigen in den Beinen zusammen-
fiel; diese Kreuzschmerzen wurden namentlich in der
Nacht unerträglich stark, strahlten zu beiden Seiten
des Os sacrum aus und dehnten sich meist von hier
auf die Hinterfläche des Oberschenkels aus, so dass
Patient häufig das Gefühl hatte, als ob die Muskeln
an dieser Stelle sich krampfartig zusammenzögen.

Vor 6 oder 7 Monaten erlitt der Kranke ein
Trauma, indem er beim Abladen von Steinen von
einem schweren Felsstück am Kreuzbein getroffen wurde,
welches dann dem linken Oberschenkel entlang zur
Erde rollte; jedoch will er nach demselben keine Ver-
schlimmerung der Beschwerden bemerkt haben. Etwa
4 Wochen später fiel ihm über der Mitte des Kreuz-
beins eine Erhöhung auf, die nach einiger Zeit von
selbst verschwand. Druck auf das Os sacrum soll nicht
besonders empfindlich gewesen sein.

Seit 3 Monaten hatte sich zu den Schmerzen eine
Schwäche in beiden Beinen zugesellt, der Kranke wurde
beim Gehen leicht müde und vermochte die Unterextremitäten nicht mehr so gut zu bewegen als früher;
fast gleichzeitig wurde der Kreuzschmerz fast andauernd,
und bald konnte Patient sich nur mit Hülfe von Krücken
forthelfen.

Seit 14 Tagen haben sich Formicationen an der
vordern und hintern Fläche des Oberschenkels einge-
stellt, und gleichzeitig sind paroxysmenweise sich ein-
stellende Schmerzen auf der Aussen- und Seitenfläche
der Unterextremität aufgetreten. Von dieser Zeit an
hat der Kranke das Bett andauernd gehütet.

Vor 8 Tagen wurde von ihm am untern Ende
der Brustwirbelsäule eine hervorragende Stelle bemerkt,
welche jedoch auf Druck nicht schmerzhaft war; auch
Schmerzen längs der Wirbelsäule haben niemals bestanden. In derselben Zeit hat sich eine Anschwel-

lung an beiden Füssen eingefunden, welche vom Patienten darauf zurückgeführt wird, dass er der grossen Schmerzen wegen 3 Tage und 3 Nächte in anhaltend sitzender Stellung zugebracht hat. Darm und Blase haben zu jeder Zeit normal functionirt. Da die Beschwerden in den letzten Tagen eher stärker wurden als abnahmen, liess der Kranke sich in die medicin. Klinik zu Jena aufnehmen.

Status praesens.

31. Dec. 1875. Patient ist ein ziemlich grosser Mann von kräftigem Körperbau und guter Musculatur. Der Panniculus adiposus ist dürftig, die Haut zart und dabei trocken, auf der vordern Thoraxfläche sind mehrere alte Schröpfkopfnarben sichtbar, Exantheme nicht wahrnehmbar. Der Kranke nimmt im Bette eine erhöhte Rückenlage ein, die Arme sind am Rumpf angezogen, das rechte Bein im Knie flectirt und auf der Aussenseite liegend. Patient fiebert nicht. Puls ist ziemlich eng, von mittlerer Spannung, die Welle mässig hoch und schlägt 90 Mal in der Minute an. Die Respiration ist regelmässig, . nicht erschwert, von costoabdominalem Typus, 24 Athemzüge in der Minute. An den Unterextremitäten bemerkt man beiderseits vielfach geschlängelte und erweiterte Hautvenen, in deren Ausbuchtungen man harte rundliche Körperchen fühlt.

Die Farbe des Gesichts ist etwas blass, aber nicht kachektisch, auch die Schleimhäute im Gesicht erscheinen bleich, der Gesichtsausdruck ist ruhig, die Stirne etwas gerunzelt, das Sensorium frei, die Pupillen beiderseits gleich eng, eine Innervationsstörung im Gesicht ist nicht nachzuweisen, die Zunge roth und nicht belegt.

Die subjectiven Beschwerden beziehen sich auf Schmerzen im Kreuz und in den Beinen, auf die Lähmung der Unterextremitäten, und auf das Gefühl des Todtseins in denselben.

Der Thorax ist etwas kurz, oben schmal unten breit, sehr tief namentlich im untern Theile, die Intercostalräume sind breit, die Fossae supra und infra claviculares tief, das linke Schlüsselbein springt nach vorn mehr vor als das rechte. Der Proc. xiphoides ist nach vorn concav ausgehöhlt, bei tiefen Athemzügen erweitert sich der Thorax gleichmässig und ergiebig, der Druck auf denselben erscheint resistent.

Der Percussionsschall ist vorn über den Lungen ziemlich tief, laut und schliesst rechterseits mit der 6. Rippe ab, worauf dann die Leberdämpfung ziemlich scharf einsetzt. Bei tiefen Athemzügen verschiebt sich die letztere um fast einen Intercostalraum und geht 1 Ctm. über den Rippenbogen abwärts; auch hinten über den Lungen sind normale Percussionsverhältnisse vorhanden. Bei der Auscultation hört man sowohl vorn als hinten weiches vesiculäres In- und unbestimmtes Exspirium.

Der Spitzenstoss des Herzens wird im 5. linken Intercostalraum zwischen linker Mammillar- und Parasternallinie gesehen, ist sehr circumscript und bei der Palpation wenig resistent. Die Herzdämpfung beginnt relativ an der 3., absolut an der 5. Rippe, reicht nach rechts mit mässiger Intensität $\frac{1}{2}$ Ctm. über den linken Sternalrand und geht nach links nicht über den Spitzenstoss hinaus. Die Herztöne sind rein, nur über der Spitze findet sich neben dem systol. Ton ein kurzes systol. Geräusch. Der Puls ist in beiden Crural- und Radialarterien isochron und gleichartig beschaffen, in der Carotis 2 reine laute Töne.

Das Abdomen ist etwas eingesunken, und die Haut

über demselben in Querfalten gelegt. Bei der oberflächlichen Palpation bekommt man über dem untern Theile
an verschiedenen Stellen Gargouillement. Bei tieferem
Eindringen etwa 1 Zoll von der Mittellinie entfernt,
wenig unterhalb des linken Rippenbogens fühlt man,
von der Seitenwand beginnend, einen kugeligen, steinharten, eine knorrige Oberfläche bietenden Tumor, welcher sich auf der Unterlage verschieben lässt, schmerzhaft auf Druck ist und nicht abgrenzbar sich nach
der Mittellinie zu erstreckt.

Die Milzdämpfung erreicht kaum die mittlere
Axillarlinie, beginnt oben an der 8. und lässt sich bis
zur 10. Rippe verfolgen.

Die Leberdämpfung hält die vorhin beschriebenen
Grenzen inne, sonst über dem Abdomen überall tympanitischer Schall.

Der Auswurf ist zähe, schleimig-eitrig, sparsam,
grauverfärbt, und zeigt an einzelnen Stellen einige fein
blutigtingirte Aederchen. Urin an Menge normal, vielleicht ein wenig die Norm übersteigend, seine Farbe
hellgelb, die Reaktion sauer, das specifische Gewicht
1012, kein Eiweiss enthaltend, nach einigem Stehen
setzt sich ein wolkenartiges Sediment, welches theils
aus Blutkörperchen, theils aus grobkornigen Epitheloidenzellen besteht, welche letztere aus der Niere herzustammen scheinen. Seit 3 Tagen ist kein Stuhl erfolgt.

Beide Unterschenkel und Füsse sind stark ödematös, die Musculatur an den Oberschenkeln erscheint
überaus schlaff, der Pannic. adip. hier noch dürftiger
als am übrigen Körper, die linke Unterextremität in
ihrer Circumferenz etwas geringer zu sein als die rechte,
eine Verfärbung der Haut an den Unterschenkeln wird
nicht beobachtet, dagegen fühlt sich das ganze rechte
Bein ziemlich kühl an, während das linke normal tem

perirt ist. Es besteht eine vollkommene Lähmung beider Unterextremitäten, und selbst bei der grössten Kraftanstrengung können die gestreckten Glieder nicht anders bewegt werden, als wenn der Kranke sie mit Hülfe seiner Hände emporhebt. Dabei sind die Glieder passiv leicht beweglich und von beginnender Contractur lässt sich nichts nachweisen; auch erregen vorsichtig ausgeführte passive Bewegungen keine Schmerzen. Nur die Beugung und Streckung in den Fussgelenken sowie die Ab- und Adduction derselben sind links fast normal ergiebig, rechts im beschränkten Maasse ausführbar; Bewegungen der Bauchmuskeln erfolgen prompt und kräftig, wie auch der Druck der Arme kraftvoll ist; dieselben können in jeder Richtung bewegt werden und auch sonst ist keine Lähmung zu constatiren.

Die Hautsensibilität der gelähmten Unterextremitäten ist über den ödematösen Unterschenkeln stärker herabgesetzt als über den Oberschenkeln; der Patient unterscheidet am letztern Orte stets, am erstern meist, ob mit der Spitze oder dem Kopfe der Nadeln gestochen wird, auch lokalisirt er den Sitz richtig und empfindet den Ort des Reizes normal schnell. Im Vergleich zur Sensibilität der Bauchhaut ergiebt sich, dass das Hautgefühl über den gelähmten Gliedern deutlich geschwächt ist, und es fällt namentlich auf, dass der Kranke die Tiefe der einzelnen Nadelstiche oft sehr falsch beurtheilt. Auf der Bauchhaut wiederum ist die Hautsensibilität über der Gegend unterhalb des Nabels schwächer als oberhalb desselben, und es grenzen sich beide Zonen ziemlich scharf von einander ab.

Der Patient empfindet vollkommen deutlich, ob man ihn mit einem kalten oder warmen Gegenstand berührt, Reflexbewegungen werden auch durch die stärksten Nadelstiche nicht ausgelöst. Die electrische

Erregbarkeit gegenüber dem faradischen Strom ist, wenn überhaupt, nicht erheblich herabgesetzt; nur auffallend ist es, dass die Zuckungen der faradisirten Muskeln etwas träge uud langsam erfolgen.

Die Wirbelsäule zeigt im Ganzen eine normale Krümmung, doch bemerkt man auf der Grenze zwischen dem unteren Brust- und oberen Lendentheil und zwar genauer dem 11. Brust- bis etwa dem 2. Lendenwirbel entsprechend eine etwa gänseeigrosse Geschwulst, die auf Druck wenig schmerzhaft ist. Die Haut über demselben erscheint gesund, verschieblich, während der Tumor selber auf einer festen Basis zu stehen scheint. Der Tumor hat eine pralle, festweiche Beschaffenheit; dabei ist es bemerkenswerth, dass der Druck auf die Wirbelsäule unterhalb des Tumors schmerzhafter ist als auf ihn selber, während Percuttiren der Processi spinosi über der Geschwulst kaum Schmerzen verursacht. Ferner fällt es auf, dass Patient bei Druck auf die Musculatur des Quadrat. lumbor. selbst bei leisem Percuttiren schmerzhaft zusammenzuckt, und es erstreckt sich von hier die Schmerzhaftigkeit nach unten gegen die Austrittsstelle der grossen Hüftnerven hin. Zwischen dem Tuber Ossis ischii und Trochant major Fem. fühlt man beiderseits sehr deutlich einen kleinen fingerdicken Strang hindurch, der sich nach unten bis in die Kniebeuge verfolgen lässt, bei leisem Druck und bei Versuchen ihn über seine Unterlage hin und her zu rollen, grosse Schmerzen verursacht. Der Strang erscheint glatt und ohne knotige Auftreibungen. Auch der Druck auf die Austrittsstelle des Cruralis ist überaus empfindlich.

Patient nimmt in der Regel im Bette eine erhöhte, fast sitzende Lage ein, wobei er sehr leicht gegen das Bettende hinabrutscht. Das vollständige Aufrechtsitzen erregt ihm grosse Schmerzen, und auch der Versuch eine horizontale Lage mit einer aufrechten zu vertauschen kann nur unter grossen Anstrengungen und Schmerzen ausgeführt werden. Den Urin kann der Kranke freiwillig entleeren, es bestehen keine Anomalien in der Defäcation, keine Obstipation, ein Gürtelgefühl ist zu keiner Zeit beobachtet.

Ordo:

Solut. Kali jodat. 5,0/200,0
DS. 3 × täglich 1 Esslöffel.

Krankheitsverlauf.

1. Jan. bis 4. Januar.

Patient ist stets fieberfrei gewesen, seine subjectiven Klagen bestanden hauptsächlich in unerträglich bohrenden Schmerzen in beiden Extremitäten, im Gefühl von Taubheit und Ameisenlaufen in denselben. Die Schmerzen traten sowohl am Tage wie in der Nacht anfallsweise auf und erreichten einen so bedeutenden Grad, dass der Kranke laut schrie. Man musste ihm wiederholentlich subcutane Morphiuminjectionen machen, die auch für mehr oder minder längere Zeit die Schmerzen zu beschwichtigen pflegten.

Der Patient hustet etwas, und man beobachtet hin und wieder in dem sonst katarrhalischen Sputum einige Blutkörperchen. Im Uebrigen keine bemerkenswerthe Veränderung gegen früher.

Ordo:

    a. subcutane Morph. Injectionen.
    b. Liniment. e Chloroformio
       DS. Auf den Unterextremitäten
       zu verreiben.

5. Jan. bis 6. Jan.

Am heutigen Tage findet man den Kranken zum ersten Male in seinem Urin liegend, und auf Befragen giebt er an, dass er schon gestern nicht immer deutlich den Drang zum Urinlassen empfunden habe, am heutigen Tage merke er, dass es Zeit sei zu uriniren nur daran, dass er es zwischen den Beinen nass fühle; auch müsse er beim Harnen sehr stark pressen. Es sind 1000 Cc. Urin von den letzten 24 Stunden im Glase vorhanden. Der Harn besitzt eine rothgelbe Farbe, reagirt sauer, sein specifisches Gewicht 1026, er setzt ein reichliches wolkiges Sediment ab. Beim Stuhl hat Patient bis jetzt keine Beschwerden gehabt.

Im Uebrigen Status idem.

Ordo idem.

7. Jan. bis 12. Jan.

Die Störungen bei der Urinentleerung werden mit jedem Tage beträchtlicher, und bei den Morgenvisiten fand man fast täglich die Blase über der Symphyse stark hervorgetrieben, mit ihrem Scheitel bis zur Höhe des Nabels heraufreichend. Patient wurde täglich 2 Mal katheterisirt, hiebei pflegte beim Einführen des Katheters in die Blase der Urin erst tropfenweise, dann im Strahle abzufliessen. Der Harn behält andauernd seine saure Reaction bei, obwohl er in den letzten Tagen einen stechenden Geruch annahm; das Sediment wurde immer reichlicher, dabei zuletzt fast käseartig beschaffen, und war nicht selten mit Blutspuren und kleinen Blutcoagulis vermischt, mitunter entleerten sich aus dem Katheter fadenziehende schleimige Massen, die zugleich für einige Zeit den Ausfluss des Urins zu verlegen pflegten. Die Menge schwankte durchschnittlich zwischen 1200—2000 Cc. Das specifische Gewicht ist 1021—30 notirt. Die mikroskopische Untersuchung des Sediments ergab eine Unmasse lymphoider Zellen, Blasenepithels, rother Blutkörperchen und körnigen Detritus. Daneben zeigte sich eine Unzahl kleiner stäbchenförmiger Gebilde, die in ununterbrochener molekularer Bewegung waren, ausserdem einzelne aus kleinen Gliedern zusammengesetzte Fädchen, die sich in zierlichen Windungen durch das Gesichtsfeld fortbewegten.

Bereits am 7. Jan. klagte Patient, dass er es nicht mehr fühle, wenn er den Stuhl entleere, und seitdem besteht eine Incontinentia alvi, übrigens musste man den Stuhl durch Oleum Ricin. wiederholentlich befördern. Die Schmerzen in den gelähmten Beinen währten fort, das Hautgefühl über den Füssen und Unterschenkeln war noch mehr herabgesetzt als früher.

13. Jan. bis 18. Jan.
Status et Ordo idem.

19. Jan.
Patient fühlte heute über dem linken Bein selbst die stärksten Nadelstiche nicht, auch über dem rechten Beine empfindet er solche nur schwach; das Oedem an den Unterschenkeln hat zugenommen. An der Mündung der Harnröhre zeigt sich eine kleine speckige mit mässigem Substanzverlust versehene rundliche Stelle.

20. Jan.
Urin reagirt heute zum 1. Mal deutlich alkalisch,

sieht rothbraun aus, sein specif. Gewicht 1022, er zeigt eine leichte aber deutliche Trübung von Eiweiss.

21. Jan. bis 26. Jan.

Status idem.

27. Jan.

Bei der Untersuchung der Kreuzbeingegend bemerkt man über derselben eine etwa Zwei-Thalerstück grosse Stelle, welche blutig und fast schwarzroth erscheint, und über der das Hautgefühl vollständig vernichtet ist. Aehnliche Stellen sind auf der hintern Fläche der linken Wade und des rechten Oberschenkels wahrnehmbar.

28. Jan. bis 14. Februar.

Der Decubitus nahm an den vorhin bezeichneten Gegenden an Tiefe und Ausdehnung an jedem Tage zu, zu gleicher Zeit wurde Patient sehr bleich, seine Gesichtsfarbe erhält ein kachektisches Colorit, der Appetit schwand, und es drohte Kraftverfall.

Das Oedem über den Extremitäten wird beträchtlicher, dehnt sich auf Scrotum, Penis und die Bauchdecken aus; man konnte am 8. Febr. einen leichten Ascites nachweisen, zugleich stellte sich ein Oedem über dem linken Arm ein, welchen der Kranke beständig aus dem Bette heraushängen liess.

In den Störungen des Nervenapparats trat keine wesentliche Veränderung ein.

Die Incontinentia Urinae et alvi währen fort.

Fieber wurde zu keiner Zeit beobachtet. Die Zahl des Pulses variirte zwischen 100—112, die der Athemzüge zwischen 14 und 24.

Die Therapie bestand vorwiegend in einer kräftigen Diät und Roborantien, zeitweise suchte man die Schmerzen durch Morphium zu beseitigen.

Am 12. Febr. wurde eine leichte Unregelmässig-
keit des Pulses beobachtet, auch fühlte sich Patient
sehr matt und sah elend aus. In den nächsten Tagen
wurde der Kräftezustand sehr bedenklich, und in der
Nacht vom 14. bis 15. erfolgte Morgens der Tod.

Sektionsbefund,

(nach Hr. Hofrath Prof. Dr. Müller.)

8 h. p. m.

Die Leiche ist ziemlich beträchtlich abgemagert,
man sieht ausgedehnte Todtenflecke und Leichensen-
kungen. Haare hellbraun, Gesicht oval, schmal.
Thorax gut gewölbt, Abdomen flach. An den Ge-
nitalien und After nichts bemerkbares, ebenso wenig
an den obern Extremitäten, an den untern dagegen
erhebliches Oedem. An der hintern Fläche der linken
Wade bemerkt man eine ziemlich tief greifende mit
schmutziggelbem Eiter belegte Wunde, ebensolche an
der Hinterfläche des rechten Oberschenkels. Haut derb,
bleich, ausgedehnter sehr tiefgehender Decubitus
am Kreuzbein und im Bereich beider Schenkelfalten.
Unterhautbindegewebe fast fettlos, Musculatur
dunkelbraunroth, mässig entwickelt, trocken.

Beim Abheben der Rückenhaut zeigt sich in der
Gegend des 1. Lendenwirbels eine die Fascie flach
hervorwölbende, rundliche, 4 ctm. im Durchmesser

lange, ziemlich derb sich anfühlende, gelblichweisse Geschwulst, augenscheinlich einen Dornfortsatz vollständig substituirend. Die Geschwulst geht nach beiden Seiten von der Mittellinie in die Fascie über, nur ist sie in der Mittellinie am Proc. spin. locker befestigt.

Schädeldecke mässig dickwandig, Gefässe der Glastafel deutlich entwickelt. Im Sinus longit. ein blasses, compactes Blutgerinnsel, Arachnoidea glatt, glänzend. In den Arachnoid.-Räumen findet sich die normale Menge farbloser Flüssigkeit. Gehirn mässig fest, etwas bleich, beide Substanzen deutlich geschieden, Seitenventrikel normal weit, Ependym glatt und glänzend, im Lumen klare farblose Flüssigkeit. An der Hirnbasis nichts Bemerkbares, Ependym des 4. Ventrikels glatt, glänzend, Striae accustic. sehr schmal, aber deutlich. Das kleine Gehirn bleich, sonst nichts Abnormes in den einzelnen Abschnitten des Hirns.

Die Neubildung am Körper des 2. Lendenwirbels setzt sich nach beiden Seiten in die anliegende Musculatur fort, die obere Grenze geht beiderseits bis zum 11. Brustwirbel, die untere 3 Querfinger breit vom hintern, obern Darmbeinstachel entfernt. Die ausgedehnte Phlegmone des Unterhautbindegewebs am rechten Oberschenkel erstreckt sich von der hintern Fläche desselben bis über die Mitte des Femur.

Thrombose der Vena poplitea durch einen der Wandung anhaftenden Thrombus. Der rechte Nerv. ischiad. ist etwa 1 Ctm. unterhalb der Schenkelfalte in einer Länge von 3 Ctm. mit stark verdickter, mit der Umgebung fest verwachsener Scheide versehen, die schmutziggrau verfärbt von Eiter umspült ist. Der Nerv fühlt sich im Bereich dieser Strecke etwas derber an, die Umgebung der verfärbten Strecke ist leicht injicirt, unter der verdickten Stelle der Nervenscheide erscheint der Nerv wenig abgeflacht; sein Inneres etwas fettreich, gelblich fleckig. Der linke N e r v. c r u r a l. wird an der Durchtrittsstelle von einer Fortsetzung der Geschwulst umfasst, sein weiterer Verlauf bietet sonst für das freie Auge keine erhebliche Abweichung von der Norm dar.

Nach Eröffnung der Wirbelsäule zeigt sich das B i n d e g e w e b e der Dura mat. spinal. vom untern Rande des Bogens des 1. Lendenwirbels an in einer Ausdehnung von 7 Ctm. durch eine gelblichweisse, ziemlich resistente Neubildung substituirt, die im Centrum Spuren von Verkäsung zeigt und durch die Zwischenräume zwischen den Bögen in die Rückgratshöhle hineindringt. Ferner zeigt es sich sehr deutlich, dass die unmittelbar ober- und unterhalb der Neubildung anliegende Dura mehr durchscheinend als gewöhnlich ist. Der obere Theil des die Dura umgebenden Bindegewebes ist fettarm, gelblich, gallertig; die Innenfläche der Dura spinal. glatt und glänzend, die Arachnoid. durchweg zart, durchsichtig; die Innenfläche der Dura in ganzer Ausdehnung adhärent. Es finden sich zahlreiche Knochenblättchen im Bereich der Arachn. cervic. und dorsal. In den Arachn.-Räumen zeigt sich eine die Norm mässig überschreitende Menge farbloser Flüssigkeit. Das Rückenmark in seinen untersten Theilen deutlich abgeflacht, die Consistenz im obern Verlauf normal. Der Tumor greift nirgends über das Ligament. long. post. hinaus.

Die Dura spin. ist im Bereich des 2.—4. Lendenwirbels von der Geschwulst umwachsen, ihre Innenfläche im Bereich der Verwachsung glatt nnd glänzend, nur stellenweise höckrig, uneben. Die Wurzeln mit dem Tumor verwachsen. Das R ü c k e n m a r k im Canal. cervic. ausserordentlich bleich, beide Substanzen deutlich geschieden, die Hinterstränge ganz leicht weisslich, fleckig, die Schnittfläche vollkommen eben, wie die im Canal. dorsal., im letztern keine Verfärbung wahrzunehmen, die weisse und graue Substanz des Lumbaltheils exquisit bleich.

Zwergfell beiderseits am obern Rand des 6. Rippenknorpelansatzes. Linke Lunge normal collabirt, die rechte durch zahlreiche Verwachsungen mit der Pleura cost. am Collaps gehindert. Herzbeutel in etwas vergrösserter Dimension frei zu Tage liegend, im Lumen etwa 20 Cc. gelblichklare Flüssigkeit. Die linke Lunge vollkommen frei. In der linken Pleurahöhle etwa 10 Cc. gelblichklare Flüssigkeit. Linke Lunge voluminös, etwas interstit. sowie vesicul. Emphysem im Oberlappen. Der Oberlappen lufthaltig, mässig blutreich, unbedeutend ödematös, der untere in seinen hintern Theilen von getrübter, zum Theil geröteter, mit dünnem, graugelbem Fibrinbeschlag versehener Pleura überzogen. Das Gewebe in der obern Partie des Unterlappens blutreich, ödematös, in der untern zwischen lufthaltigen Stellen eine Anzahl luftarmer bis luftleerer, theils dunkelbraunrother, theils röthlich grauer, derber, theils brüchiger Herde. Es finden sich leichte Erweiterungen der kleinen Bronchialverzweigungen im Bereiche der broncho-pneumon. Herde, im Lumen beträchtliche Menge graugelben puriformen Sekrets. Die Bronchien des Unterlappens zum Theil cylindrisch, zum Theil sackförmig erweitert. Die Schleimhaut der zum Unterlappen führenden Bronchen geröthet und geschwellt, die zum Oberlappen gehenden blass. In den Lungenarterien compactes, blasses Blutgerinnsel. Im Unterlappen findet man zuweilen einzelne umschriebene Kalkeinlagerungen.

Rechte Lunge voluminös; der obere und untere Lappen verwachsen, mässig stark emphysematös; Ober-

und Mittellappen durchaus lufthaltig, wenig blutreich. Pleura des Unterlappens ist über den hintern Abschnitten getrübt, mattglänzend, stellenweise geröthet, und mit dünnem, graugelbem Fibrinbeschlag versehen; die untere Hälfte desselben Lappens gleichförmig graugelb, hepatisirt. Die Bronchen entleeren auf Druck zähe verästelnde Pfröpfe, die Schleimhaut derselben geschwellt, mässig geröthet, im Lumen zähes, graugelbes Secret enthaltend.

Zunge mit dickem, graugelbem Belag, enormer Soorbelag in der ganzen Ausdehnung des Oesophagus. Dunkle Röthung der Rachenschleimhaut, der des Kehlkopfs und Trachea. Die Schilddrüsen beiderseits leicht vergrössert, eine Anzahl Gallertknoten umschliessend.

Herz rechts leicht vergrössert, man findet ausgedehnte Sehnenflecke an der Vorderseite des rechten Ventrikels, einige an der Kante und der hintern Fläche des linken.

Im rechten Herzen ziemlich voluminöses, lockeres Blutgerinnsel.

Ostium venos. dextr. ist für 5 Finger durchgängig, die Gricuspod. unversehrt, die Wandung des rechten Ventrikels normal dick, Foram. ovale geschlossen, Endocard. des rechten Vorhofs in der Umgebung des Foram. oval. ist im Verlauf der Vena magna cord. circumscript. vorgewölbt. Im linken Ventrikel findet man Blutgerinnsel, seine Wandung ist normal dick, die Muskulatur bleich, aber fest. Ost. ven. sin. für 3, das arterios. für 2 Finger durchgängig. Das Endocard. im Con. arter. zeigt eine leichte weissliche Trübung, die Aortenklappen sind complet, schlussfähig, vollkommen unversehrt.

Milz 13$\frac{1}{2}$ Ctm. lang, 3$\frac{1}{2}$ Ctm. dick, ihre Kapsel stark gerunselt, das Parenchym blutarm, mässig fest.

Leber ist ziemlich gross, die Kapsel glatt. An

der Vorderfläche des grossen Lappens zeigt sich eine erbsengrosse cavernöse Geschwulst, das Parenchym ist braungelb, deutlich muskatnussfarbig, wenig fetthaltig. In der Gallenblase ist eine mässige Menge braungelber Galle enthalten.

Der Magen ist mit einer geringen Quantität gallig gefärbter Flüssigkeit angefüllt, seine Schleimhaut erscheint bleich. Es findet sich nichts Bemerkenswerthes im Duodenum. Wurmfortsatz ist mit dem Mesenter. des Ileumendes verwachsen, Am Mesenter. des Dünndarms finden sich einzelne lipomartige Fettträubchen, im untersten Theile des Dickdarms eine beträchtliche Menge geballten Kothes.

Rechte Nebenniere unversehrt, stark braun, Rinde gelblich. In der linken Nebenniere ist die Marksubstanz an dem verdickten vordern Ende grauweiss, derb, die Rinde exquisit gefleckt.

Linker Ureter erweitert, Schleimhaut geröthet, mit graugelbem Croupbelag versehen, der sich in Membranform von der Oberfläche ablösen lässt.

Der untere Theil der linken Niere durch einen links von der Lendenwirbelsäule befindlichen flach prominirenden faustgrossen Tumor von der Wirbelsäule abgedrängt. Die linke Niere ist ziemlich gross, Kapsel von der Oberfläche leicht abziehbar. Nach Abzug derselben bemerkt man in der Rindensubstanz umschriebene verfärbte Stellen, die bei Einschneiden in die anliegende Marksubstanz sich streifig fortsetzen. Rinde leicht geschwellt, graugelb fleckig. Mark streifig geröthet, die Schleimhaut vom Becken nach den Kelchen zu mit theils in Membranform ablösbarem, theils mit fester haftendem schmutziggelblichem diphtheritischem Belag versehen.

Rechter Ureter stärker erweitert als der linke.

An der rechten Seite der Lendenwirbelsäule zeigt

sich der Tumor nur zwischen dem 1. und 2. Wirbel-
körper stark prominent.

Keine merkliche Vergrösserung und Verfärbung
der Glandul. lumbal. und coeliac.

Ligament. longit. anter. unversehrt. Rechte Niere
gross, die Kapsel von der Oberfläche leicht abziehbar,
dünn, auch nach Abzug derselben zerstreute gelblich
verfärbte Particen der Rinde, Rinde und Mark fleckig
aber ziemlich fest. Becken und Kelche erweitert,
Schleimhaut hyperämisch, aber glatt mit leicht grauem
Hauch, dieselbe Beschaffenheit der Schleimhaut der
Ureteren. In der Blase eine ziemliche Menge grau-
gelbe Eiterflocken enthaltenden Harns von üblem Geruch.

Schleimhaut bedeutend verdickt, schiefergrau, mit
theils membranös abziehbarem, theils fester haftendem
diphtheritischen Belag versehen. Die Diphtheritis setzt
sich auf die hintere Fläche der Urethra fort.

Die Vasa deferent. entleeren bei Druck auf die
Samenblasen puriforme Flüssigkeit. In den Samenbläs-
chen gelber dicker Eiter. Prostata unversehrt, ebenso
Hoden und Nebenhoden.

Die vorstehende Beobachtung kann in vielfachen
Beziehungen als ein typisches Beispiel von Wirbelkrebs betrachtet werden und giebt aus diesem Grunde
Veranlassung genug auf einzelne Symptome dieses
qualvollen Leidens mit einigen Worten genauer ein-
zugehen.

I. Vor Allem dürfte die Aufmerksamkeit auf
jene Schmerzparoxismen gelenkt werden, welche
fast 2 Jahre vor dem Tode aufgetreten bis zu demselben anhielten, in der ersten Zeit das einzige Symptom der verborgenen Krankheit darstellten, und späterhin neben den Lähmungen bis zum exitus laetalis

fortbestanden. Es ist keine Frage, dass wir es bei unserem Patienten in diesem Symptom mit dem als Paraplegia dolorosa benannten Krankheitszeichen zu thun haben.

Schon Cruveilhier [10]) hat auf dieses Zeichen aufmerksam gemacht, indem er Lähmungen unterschied, welche auftreten ohne Schmerzen und solche mit Schmerzen, und letztere als Paraplégie douloureuse zusammenfasste, auch hob er bereits hervor, dass dieses Symptom gerade im Verlauf des Wirbelkrebses sehr häufig angetroffen wird. Allein nicht richtig ist es, wenn einige neuere Autoren dem französischen Forscher nachgesagt haben, er hätte dieses Zeichen charakteristisch für Wirbelkrebs gehalten, denn man findet von ihm selber erwähnt, dass sich Paraplégie douloureuse auch im Verlauf von Hydatiden und Aneurysmen einstellen könne, welche in der Nähe der Wirbelsäule gelegen seien und den von ihr umschlossenen Nervenapparat in Mitleidenschaft gezogen haben. Nur den Irrthum scheint Cruveilhier begangen zu haben, dass er sich die Schmerzen entstanden dachte in Folge von Compression der Geschwulstmasse auf die eigentliche Rückenmarksubstanz, denn unsere heutigen Vorstellungen gehen darauf hin, dass auch ein starker Druck auf die eigentliche Rückenmarksmasse sowohl, als auch auf die Gehirnsubstanz ohne Schmerzen bestehen kann.

Unzweifelhaft hat sich Charcot [11]) ein grosses Verdienst erworben, dass er mit allem Nachdruck darauf hingewiesen hat, dass es nicht der Druck auf die Rückenmarksubstanz, sondern auf die aus ihr austretenden Nervenstämme sei, welcher die Schmerzen hervorruft, und es ist überaus interessant, dass es

---

10) Cruveilhier, Atl. path. Livr. XXXII. p. 6.
11) Siehe die früher citirten Abhandlungen von Charcot.

Charcot gelungen zu sein scheint, diese seine Anschauung durch ausgezeichnete Beobachtungen sicher zu stellen. Auch unser Fall spricht für seine Ansicht, da, wie im Sectionsprotokoll erwähnt, die austretenden Nervenstämme vom Tumor umwachsen waren, und es erklärt sich leicht, dass die neuralgischen Schmerzen zuerst im linken Bein anfingen, weil der linke Ischiadicus von der Geschwulst am meisten zu leiden hatte. Bekanntlich geben die hintern Rückenmarkswurzeln und die Intervertebralganglien, sobald sie erkranken, zu gewissen Hautveränderungen Veranlassung, und Baerensprung [12]) hat in seinen bekannten Arbeiten in den Charité-Annalen über den Zoster nachgewiesen, dass der letztere seine Ursache in einer Entzündung der Intervertebralganglien finde, eine Beobachtung, welche auch von neueren Autoren mehrfach bestätigt ist. In Rücksicht auf dieses Factum ist es bemerkenswerth, dass Charcot und Cotard [13]) in einem Falle von Wirbelkrebs im Bereich des Nervengebiets, in welchem die Schmerzen auftraten, Zoster sich entwickeln sahen, und dass zu gleicher Zeit fleckenweise Hautamäesthesie beobachtet werden konnte.

Aus dem eben Gesagten wird es leicht verständlich, dass man der Paraplégie douloureuse ein eingehendes Studium gewidmet hat, und man kann dieselbe in den Untersuchungen, welche im Anfange dieser kleinen Abhandlung erwähnt wurden, ausführlich erörtert finden. Es sei an dieser Stelle noch bemerkt,

---

12) Baerensprung, Beiträge zur Erkenntniss des Zoster. Charité-Annalen Band XI. Heft 2. 1850.

13) Charcot u. Cotard, Sur un cas de zona du cou avéc altération des nerfs du plexus cervical et de ganglions correspondants des racines spinales postérieures. (Soc. d. Biolog. XVII. 1866. p. 41.)

dass sich auch Lepine [14]) und Simon [15]) mit diesem Symptom genauer beschäftigt haben.

Obschon die Paraplégie douloureuse bei Wirbelkrebs überaus häufig gesehen wird, so muss doch hervorgehoben werden, dass sie durchaus nicht constant bei diesem Leiden auftritt, indem es einmal krebsige Entartungen der Wirbelsäule giebt, die völlig symptomlos verlaufen, und andererseits solche Fälle bekannt sind, in denen sich die Lähmung ganz ohne Schmerzen einstellt, aus diesen Gründen ist es sehr zweckmässig, wenn Charcot [16]) neuerdings vorgeschlagen hat, die Fälle von Carcinoma Columnae vertebralis in 3 Klassen einzutheilen und zwar:

1. in die cancers vertébraux latents,
2. in cancers vertébraux qui amènent la compression de la moelle à peu près sans douleurs prédominantes,
3. in cancer vertébral, lorsqu'il occasione le ramollissement et l'affaisement des vertèbres est la source de douleurs dont le caractère est presque spécifique.

Jedoch hat der französische Autor eine Gruppe vollkommen übersehen, in welcher wir aus der Litteratur Beispiele anführen werden, nämlich diejenige, welche nur unter Schmerzen verlaufen, während alle andern greifbaren Nervenstörungen fehlen.

In Bezug auf die Belege aus der Litteratur sei erwähnt, dass Rosenthal [17]) eine Beobachtung bei einem

---

14) R. Lepine, Bull. d. l. Soc. anat. 1867.

15) Th. Simon, Paraplegia dolorosa (Berl Klin. Wochenschrift 1870. Nr. 35 36.

16) Charcot, de la compression lente de la moelle épinière. Paris 1873 p. 103.

17) M. Rosenthal, Klinik von Nervenkrankheiten 1875. p. 344.

47jährigen Manne beschreibt, bei welchem eine Lähmung in Folge von Wirbelkrebs auftrat, ohne dass
sich bis zum Tode Schmerzen einstellten; bezüglich
der letzten von uns als neu hinzugefügten Gruppe
möge auf das 2. Beispiel von Leyden [18]) hingewiesen
werden, wo 5 Wochen vor dem Tode Schmerzen auftraten und zu keiner Zeit Bewegungsstörungen bemerkt
wurden. Auch Anger [19]) hat vor mehreren Jahren
einen ähnlichen Krankheitsfall publicirt.

In der Regel pflegen die Schmerzen der später
eintretenden Lähmung mehr oder minder längere Zeit
vorauszugehen, während jedes andere greifbare Zeichen
fehlt, und werden nicht selten als einfache rheumatische Schmerzen gedeutet. Aus dieser Auseinandersetzung geht hervor, eine wie wichtige prognostische
Bedeutung ihre richtige Erkenntniss hat. In unserer
Beobachtung bestanden die Schmerzen 2 Jahre lang
vor dem Tode, doch kann die Zeit ihres Eintritts auch
eine sehr viel kürzere sein, wie Achille de Giovanni [20])
einen Fall beschreibt, in welchem eine 16jährige Bäuerin
3 Tage lang an heftigen Schmerzen im Bereich der
9. bis 10. Intercostalnerven litt, dann plötzlich an beiden
Unterextremitäten gelähmt wurde und nach 8 Wochen
zu Grunde ging. In dem vorhin citirten Beispiel Leydens bestanden die Schmerzen sogar nur 5 Wochen
lang, bevor axitus letalis erfolgt. —

Was den Sitz der Schmerzen anbelangt, so kann
er überaus verschieden sein und richtet sich natürlich

---

18) E. Leyden, Ueber Wirbelkrebs. Annalen des Charité-
Krankenhauses 1869. Bd. XI. Heft 3, p. 55—78.

19) Anger, Cancer et mélanome des vertébres. Gaz. des
Hôp. 1866 Nr. 186.

20) Achille de Giovanni, Storia di un caso di paraplegia improvissa da malattia delle vertebre. (Estratto dal Giornale la Rivista Clinica del 1870.)

nach dem Sitz des Krebses, oder, was dasselbe sagt, nach den betreffenden Nerven, welche durch Compression insultirt werden. Auch wird es vielfach angegeben, dass sich der Schmerz während der Nacht erheblich steigern soll, eine Angabe, welche bei unserm Kranken weder anamnestisch noch nach den klinischen Beobachtungen zutrifft.

II. Der Krebs der Wirbelsäule pflegt sich erst im höhern Alter wie die krebsige Entartung anderer Organe auszubilden, und bereits Leyden hat darauf aufmerksam gemacht, dass das Leiden am häufigsten in den Jahren zwischen 40—60 beobachtet wird, auch unser Fall liefert für die Richtigkeit der Angabe einen kleinen Beitrag. Eine Ausnahme von der eben angegebenen Regel kommt selten vor, und das frühste Lebensalter, welches wir in der Litteratur auffinden konnten, war jenes Beispiel des 16jährigen Mädchens, dessen Krankengeschichte Achille de Giovanni [20]) mittheilt. Es ist vielleicht nicht uninteressant an dieser Stelle eine Reihe von Fällen aus der Litteratur zusammenzustellen, aus denen man das Gesetz mit grosser Deutlichkeit erkennen kann, und es wird dieser Versuch um so mehr gerechtfertigt erscheinen, da nie solche Zusammenstellung bisher gemacht, zumal mit besonderer Berücksichtigung der Litteratur aus den letzten Jahren:

---

20) Achille de Giovanni a. a. O.

Nro.	Autor	Schrift	Geschlecht und Stand	Alter Jahre
I	Achille de Giovanni	Estratto dal Giornale la Rivista Clinica del 1870	Bäuerin	16
II	Hutin	Gottsch. Sammlung	Diener	20
III	Gull	Guy's Hosp. rep.	Landmann	34
IV	Black	Med. Tim. & Gaz. 1864	Mann	35
V	Runge (Leyden)	Virchow's Archiv. Bd. 61. 1876.	Frau	41
VI	Köhler	Monographie der Meningitis spin. nach klinischen Beobachtungen	Arbeiter	42
VII	Nothnagel	Meine Beobachtung	Handarbeiter	45
VIII	E. Leyden	Ueber Wirbelkrebs (Annal. d. Charité.) Bd. XI. 1863.	Arbeiter	47
IX	Rosenthal	Klinik d. Nervenkrankheiten. 1875	Mann	47
X	E. Leyden	Ueber Wirbelkrebs (Annal. d. Charité.) Bd. XI. 1863.	Drechsler	49
XI	Gull	Guy's Hosp. rep.	Näherin	50
XII	Ulrich	Deutsche Klinik 1859. Nro. 21	Beamter	54
XIII	E. Leyden	Klinik der Rückenmarkskrankheiten Bd. I. 1874.	Schuhmacher	62
XIV	Cruveilhier	An. path.	Frau	64

Aus dieser Tabelle, welche 14 Fälle umfasst, ergiebt es sich also:

Lebensjahre:

10—20, 20—30, 30—40, 40—50, 50—60, 60—70.
1 Fall   1 Fall   2 Fälle   6 Fälle   2 Fälle   2 Fälle

III. Schon Leyden hat darauf hingewiesen, dass das männliche Geschlecht häufiger als das weibliche an Wirbelkrebs erkrankt; aus der vorstehenden Zusammenstellung geht hervor, dass unter 14 Kranken 10 Männer und nur 4 Frauen waren, sodass also das Verhältniss wie 100 : 40 besteht.

IV. Das Carcinom der Wirbelsäule tritt bei weitem am häufigsten als metastatisches auf, und es bietet unsere Beobachtung deshalb ein grösseres Interesse dar, weil sie einen Fall von primärem Krebs darstellt. Aehnliche Mittheilungen sind von Leyden gemacht worden, und ebenfalls gehört das vorher besprochene Beispiel von Black hierher. Von Charcot ist es besonders betont, dass Carcinome der Brustdrüse und namentlich die Scirrhi sich sehr häufig mit denen der Wirbelsäule vergesellschaften, und dass man mitunter wahrnehmen kann, dass so bald Schrumpfungsprocesse der Krebsknoten der Mammae sich in so hohen Graden entwickeln, dass man die Knollen nur bei grösster Aufmerksamkeit zu erkennen vermag, die Symptome des Wirbelkrebs immer mehr in den Vordergrund treten. Auch Tripier glaubt nach seiner unter Nr. 7 citirten These, dass Krebs der Brustdrüse viel häufiger den der Wirbelsäule zur Folge hat, als den innerer Organe. Ollivier und Prevost[21]) haben zu einem Leberkrebs Carcinom. Column. vertebr. sich

---

21) Ollivier et Prevost, Cancer de foie, des ganglions mesentériques, généralition à la colonne vertébrale. (Compt. rend. des scienses et Mém. de la soc. de Biolog. Paris 1869.)

gesellen sehen, und es könnten auch Fälle aus der Litteratur angeführt werden, wo Krebse des Oesophagus (z. B. Leydens 1. Fall) des Magens (Leydens 2. Fall), der Nieren zu carcinomatöser Entartung der Wirbelsäule führten.

V. Bei unserm Kranken war der Sitz der Erkrankung in dem untersten Brust- und obersten Lendentheil und es werden sich aus demselben die Lähmungserscheinungen, wie bald erörtert wird, leicht erklären. Die Erfahrung lehrt, dass sich dieses Leiden der Wirbelsäule überhaupt am häufigsten an den genannten Orten entwickelt, wie auch aus der nachstehenden Tabelle, welche den Sitz des Carcinoms der Column. vertebr. berücksichtigen soll, zu ersehen ist.

Nro.	Autor	Schrift	Sitz
I	Runge (Leyden)	Virchow's Arch. Bd. 66. 1876.	Atlas u. Epistropheus
II	Anger	Gaz. d. Hôp. 1866	Processus odontoideus
III	Black	Med. Tim. & Gaz. 1864	2.—3. Halswirbel
IV	Gull	Guy's Hosp. rep.	3. Hals—3. Brustwirbel
V	Rosenthal	Klinik d. Nervenkrankheiten 1875	7. Hals—3. Brustwirbel
VI	Hutin	Gottsch. Sammlung	alle Hals-, Brust- u. letzten Lendenwirbel
VII	Anger	Gaz. d. Hôp. 1866.	3.—5. Brustwirbel
VIII	Achille de Giovanni	Estratto dal Giornale la Rivista Clinica del 1870	8.—9. Brustwirbel
IX	Leyden	Charité-Annalen	8.—10. Brustwirbel
X	Ludwiger (Leyden)	Dissert. inaug. Regimonti 1866	8—12. Brustwirbel
XI	Koehler	Monographie der Mening. spinal.	10. Brustwirbel
XII	Leyden	Charité-Annalen	Untere Brust- und obere Lendenwirbel
XIII	Nothnagel	meine Beobachtung	12. Brust- und obere Lendenwirbel
XIV	Gull	Guy's Hosp. rep.	Letzter Brust- und obere Lendenwirbel
XV	Th. Simon	Berliner Klinische Wochenschrift 1870	1. Lendenwirbel
XVI	Cruveilhier	Anat. pathol.	1. Lendenwirbel
XVII	Ulrich	Deutsche Klinik. 1859	2.—4. Lendenw.

Unter 17 Fällen also waren ergriffen die Lendenwirbel 7 Mal, die Brustwirbel 11 Mal und die Halswirbel 6 Mal, unter den Erkrankungen der Brustwirbel kamen nur 3 Beobachtungen auf die oberen, die übrigen 8 Fälle auf die unteren. Die Halswirbelsäule war allein ergriffen 3 Mal, die Brustwirbelsäule allein 4 Mal, die Lendenwirbelsäule allein 3 Mal, und nur in einem Falle waren alle 3 Segmente der Column. vertebral. pathologisch verändert.

Unter den Combinationen der Erkrankung findet man eine Afficirung der Hals- und Brustwirbel 2 Mal und auch eine solche der Brust- und Lendenwirbelsäule 3 Mal. Die obere Hälfte der gesammten Wirbelsäule war in 6 Beobachtungen, die untere in 10 Fällen betroffen.

VI. Was die Natur der Neubildung anbelangt, so handelt es sich bei unserm Patienten um eine vorzüglich aus Rundzellen bestehende maligne Neubildung, doch muss hervorgehoben werden, dass man alle möglichen Formen in den Wirbeln gesehen hat; so findet man beispielsweise in der 2. Leyden'schen Beobachtung ein Cancroid, das vom Oesophagus aus auf die Wirbelsäule übergegriffen hat; wegen der grossen Seltenheit sei noch besonders mitgetheilt, dass Anger in seiner unter Nr. 19 citirten Abhandlung 2 Fälle von melanotischem Krebs beschrieben hat. Ebenso sind, wie bereits früher gelegentlich erwähnt, Markschwamm, Alveolarkrebse und solche Formen, die schon den Uebergang zu Sarcomen bilden, beobachtet worden.

VII. In Bezug auf den Eintritt der Lähmungserscheinungen bei unserm Kranken ist zu bemerken, dass die Lähmung der Blase und späterhin des Rectums ziemlich plötzlich auftraten, während die der

Extremitäten ganz allmählich sich entwickelte und von der leichten Form der Parese zur völligen Paralyse führte. Aus diesem Factum liegt es sehr nahe, sich die Vorstellung zu bilden, dass die Compression durch den malignen Tumor die der Blaseinnervation vorstehenden Nerven plötzlich unfähig machte, während der Druck auf die die Extremitäten versorgenden Nerven erst allmählich seinen schädlichen Einfluss ausübte.

Theoretisch würde man sich vorstellen müssen, dass fast immer eine allmählich eintretende Lähmung beobachtet werden müsse, denn es leuchtet ein, dass ein Tumor doch nur sehr langsam wachsen wird, in Folge dessen auch die Compression eine nur sehr langsam fortschreitende sein wird, und doch sind die Fälle nicht selten, wo die Lähmung sozusagen apoplectiform sich einstellt; dabei ist es dann auffallend, dass man bei den Autopsieen durchaus nicht immer weiche oder solche Geschwülste gefunden hat, von denen man annehmen könnte, sie vermögen durch eine stärkere Fluxion an- und sehr schnell wieder abzuschwellen. Um einige hierhergehörige Beispiele aus der Litteratur anzuführen, sei zunächst an die Leyden'sche 1. Beobachtung erinnert, welche einen 45jährigen Drechsler betrifft, der erst mit neuralgischen Schmerzen erkrankt war, dann plötzlich an einem Vormittage eine Lähmung der Blase und des linken Beins davontrug.

Es reiht sich hieran eine Mittheilung von Black [22]. Ein 35jähriger Mann hatte seit 10 Monaten vor dem Tode an neuralgischen Schmerzen an beiden Armen gelitten, ganz plötzlich wurde er an allen Gliedern ge-

---

22) Black, Paralysis of all parts below the neck-death-autopsy-malignant disease of cervical vertebrae. (Med. Tim. & Gazette 1864 p. 728.)

lähmt, sehr bald wurde die Athmung unregelmässig, und es erfolgte schnell der Tod. Bei der Section fand man einen Krebs des 2. und 3. Cervicalwirbels. Endlich sei noch Achille de Giovanni [20]) erwähnt, der bei einer 16jährigen Bäuerin, welche von reissenden Schmerzen des 9. und 11. Intercostalnerven gequält, nach Verlauf von 8 Tagen plötzlich an den untern Extremitäten gelähmt wurde und nach 6 Wochen starb, in der Höhe des 8. und 9. Brustwirbels einen malignen Tumor fand.

Die anatomischen Ursachen der Lähmung können sehr mannigfaltig sein, indem einmal die Rückenmarkssubstanz in die Erkrankung hineingezogen wird, oder indem sich der Tumor allein auf die benachbarten Wurzeln und Plexus ausbreitet. Die Betheiligung des Rückenmarks ist fast jeder Zeit der Art, dass es durch Compression leidet, wovon Leyden in seiner vielfach citirten Arbeit ein schönes Beispiel als Beleg anführt. Es entwickeln sich ausserdem in Folge des Drucks häufig degenerative Zustände der Art, dass die hintern Stränge oberhalb der Geschwulst und die hintere Partie der Seitenstränge unterhalb derselben Veränderungen eingehen. Fast nie, kommt es vor, dass das Rückenmark selbst krebsig entartet, wie auch fast stets die Rückenmarkshäute intact bleiben.

In unserm Falle dürfte sich die Lähmung durch Druck auf die austretenden Nervenstämme erklären, und es wird auch hieraus verständlich, weswegen jede Reflexerregbarkeit fehlen musste.

VIII. Ich möchte noch auf einen Punct etwas genauer eingehen, nämlich auf die Entwickelung des Decubitus und das Auftreten der Blasenlähmung

---

23) Achille de Giovanni a. a. O.

in unserm Falle. Es ist die Berücksichtigung dieses Punctes nicht ohne Interesse, da in der von Charcot unter Nr. 16 erwähnten Schrift behauptet wird, dass Lähmung der Sphincteren und Decubitus beinahe nie beobachtet wurden. Wenn man bedenkt, wie so überaus häufig, man könnte fast sagen pathognomonisch, bei allen Erkrankungen, welche die Rückenmarksubstanz betreffen, Decubitus und Sphincterenlähmung auftreten, und wenn man berücksichtigt, dass die Lähmung in der Regel durch Compression durch den malignen Tumor zu Stande kommt, so lässt sich theoretisch nicht verstehen, weswegen bei Wirbelkrebs die eben genannten Veränderungen fehlen sollten. Bereits Simon hat in seiner Abhandlung über Paraplegia dolorosa in diesem Sinne gegen Charcot gesprochen, und es ist unsere Beobachtung um so interessanter, als sie beweist, dass Blase und Mastdarm gelähmt und zu gleicher Zeit Decubitus sich entwickeln kann, ohne dass die Rückenmarksubstanz selbst stark verändert zu sein braucht. Uebrigens wären wir im Stande aus der Litteratur noch Beispiele anzuführen, die das Auftreten von Sphincterenlähmung und Decubitus bei Wirbelkrebs durchaus nicht als eine seltene Erscheinung bezeichnen liessen.

IX. Die Differentialdiagnose betreffend ist bereits früher darauf hingewiesen, dass Hydatiden, Aneurysmen und Caries zu einer Verwechselung mit Wirbelkrebs führen können, allein eine solche würde nur stattfinden, wenn die Geschwulst der Wirbelsäule der untersuchenden Hand völlig unzugänglich ist. Dass zu allen diesen Affectionen Paraplegia dolorosa zutreten kann, habe ich früher schon erwähnt. Von Carcinom unterscheidet sich Caries durch ihre Aetiologie, da Caries meist von nachweisbaren Symptomen der Tuberculose und Syphilis begleitet ist, durch ihr Auftreten bei jugendlichen Individuen und durch den frühzeitigen Eintritt von lokaler Schmerzhaftigkeit der Wirbel auf Druck auf die proc. spinos. endlich durch die Deformität der Wirbelsäule, welche fast ausnahmslos in der Ausbildung von spitzwinkeliger Kyphose besteht. Schwieriger ist es unter Umständen Aneurysma der Aorta von Carcinom zu trennen, zumal wenn jenes zu Atrophie der Wirbel geführt hat und eine Geschwulst nicht zu constatiren ist, jedoch müsste das Vorhandensein von Anomalieen im Circulationsapparat, wie Späterkommen des Pulses in den jenseits des Aneurysma's gelegenen Arterien, rhythmisches Schwirren über dem Aneurysma, Hypertrophie des linken Ventrikels etc. die Diagnose sichern. Die Hydatiden endlich bilden, wie bekannt, ein so überaus seltenes Vorkommen, dass man sie der grösseren Wahrscheinlichkeit nach ausschliessen kann.

In unserer Beobachtung war eine Differentialdiagnose nicht schwierig und fast kaum nöthig, denn das Alter des Patienten, der bestehende Tumor im Verein mit den eigenthümlichen Schmerzen und den Lähmungserscheinungen mussten zur Diagnose ziemlich direct führen.

X, Absolut machtlos steht die Therapie dem Leiden gegenüber, und man wird sich mit der bei uns angegebenen Behandlung einverstanden erklären müssen, da sie auf roborirende Diät und Narcoticis zur Linderung der Schmerzen hinauslief. Mittel, welche den Krebs heilen, besitzen wir bekanntlich nicht, und man wird auch von einer galvano-electrischen Behandlung, wie sie neulich von Neftel empfohlen, abstehen, oder von der von Friedreich gepriesenen Anwendung

von Condurango keine wesentlichen Erfolge erwarten
können.

Ich mag nicht schliessen, ohne hier Herrn Professor Dr. Nothnagel für die Bereitwilligkeit und Freundlichkeit, mit welcher derselbe mir die Bearbeitung des mitgetheilten Falles zur Verfügung gestellt, meinen wärmsten Dank auszusprechen.

Druck von Hossfeld & Oetling in Jena.